Pulp

Capitolo 1 _ la sorella

Mi distanziai dal muro flaccido, mentre la checca ridente mi offriva un pompino, ma il mio germoglio tremulo languiva per l'altro sesso più sardonico.

Lei aveva sembianze leggiadre, ma era flaccida intellettualmente, incline alla falsità e a una castità da puttanella.

Il paonazzo starnuto della sua fica sembrava germogliare in un rivolo di sborra, a cui si aggiunse il caldo pianto del mio cazzo. La sua fronte pulsava espellendo laide cellule dismesse.

"dopo il tramonto me ne andrò a giacere negli sterchi." Dissi.

Lei, goffamente ardita, sbadigliò un nottambulo gorgoglio vaginale che andò a plasmarsi col mio sentore volatile di una possibile seconda scopata. Ma la troia cinguettò di doversi rifare le unghie e di lasciare stare il suo seno minuto come una ciliegina di bosco.

Sparuto, il mio uccello andò a smosciarsi sul suo interno coscia umido della prima scopata, ripiegandosi sullo scroto, ma in un impeto di orgoglio si rialzò in tiro verso il suo cespuglio e le sputai sulla lingua ciucciando e mordendole il labbro, e rapii i suoi sensi frigidi sditalinando la sua fica pazzamente, internamente, con tre dita.

Quindi il suo ventre languì e fui costretto a prenderla selvaggiamente, il mio cazzo da toro ancor più la stantuffò ordinando a lei da dentro, quale gemito dovesse gemere.

Questa siffatta puttana era la dimostrazione che alcune donne sono prese in faccende cui neanche loro prestano attenzione e che basta loro offrire un appiglio sessuale per farle sprofondare completamente nell'incoscienza.

Avevo bisogno di proporle il pisello voluttuoso per riempire la sua bocca ingorda e civettuola, di farci l'amore per poterle dare quello che la morte ci avrebbe tolto, avevo bisogno anche di farglielo sentire su per il culo talvolta, altrimenti mi avrebbe levigato le palle con le sue stronzate!

Certo, io ero un letamaio, ma il mio amico John Dillinger – no, non il gangster: un omonimo – non era da meno. Aveva peli del culo sfavillanti, e come due grossi rospi scorreggianti che gli uscivano dalle narici quando sbottava: "questa non è una democrazia!" incazzato e striminzito come il suo pesciolino.

La faccio breve: lo investì un tir e rimase spiaccicato come una gomma da masticare sul tuo culo. Sua sorella era una scrofa, aveva un culone imponente. Mi detergeva lo scroto col suo linguaggio da vacca e mi schiaffeggiò le palle con fare da maestrina d'asilo, solo che in questo caso il bambino era il mio cazzo. Era manesca la ragazzina: pareva avesse due albicocche in bocca, e invece erano i miei coglioni, e lei non esitava a spremerne la linfa lucidandomi la cappella con la sua lunga lingua serpentina. Si destreggiava ingerendo totalmente il mio cazzo e quando le esplosi in gola lei ebbe a soffocare e la sbornia non l'aiutò a digerire il liquame.

La sua fica era un bulbo di viscidume strisciante, ma a me piaceva sguazzare in quella melma, e a lei piaceva perché la faceva sentire una troia l'effetto della sua fica su di me.

Piangendo glielo ficcavo su e lo spingevo fino all'utero facendo salutare le ovaie dalle mie palle libidinose quando si affacciavano all'entrata della fica, sbattendola terribilmente e potendo sentire lo SPOK SPOK dei miei colpi sulla sua ciccia.

Delle scopate poderose... povero John Dillinger, ma sua sorella era in buone mani.

Capitolo 2 _ la carogna

Qualcuno pensò di portarsi via i denti d'oro dalla carcassa di John Dillinger, ma lui, o ciò che ne restava, aveva solo denti cariati. La sua faccia era smembrata come anche il suo culo fatiscente. Il camion lo sbalzò fuori strada, e lui rimase per giorni in un campo, dilaniato, dicono che non fece in tempo a scorreggiare prima di morire.

Aveva scritto una lettera alla redazione del giornale dicendo che i protettori delle battone lo avevano minacciato: "se non lasci stare Anna, ti faremo provare una 44 magnum nel culo!" avevano detto.

Anna era una sgualdrina che arrotondava facendo la babysitter per la bambina pestifera di John, e lui non esitò a proporle anche il suo uccellino a cui badare. Sicché mentre John le detergeva le interiora, la bambina si impiccò col filo del telefono nell'altra stanza, con una bottiglia di birra svuotata sul pigiamino, e John disse: "finalmente ci sei riuscita, cazzo! Sarai contenta adesso… stracciacazzi, bambina di merda!" ed Anna rimase sotto choc per un po' e andò dai protettori e disse che John Dillinger era pazzo e che aveva una terribile paura e perciò loro lo schiantarono sul cofano del tir a tutta velocità, con la birra in mano e il panino.

Che razza di stronzo fottuto... Anna portò la sua fica slabbrata a vedere il cadavere di John Dillinger, gli vomitò sui pantaloni e poi si fece un ditalino.

Obnubilato nel sonno della morte, con la faccia sguarrata e spruzzata dello squirting di Anna, John Dillinger sostava impotente di fronte ai vermi che si impossessavano lentamente delle sue spoglie denutrite, se eccettuato per qualche goccia di sborra che si mescolava alla pioggia e al fango della sua faccia.

Ovviamente Anna gli rubò il portafoglio, ma ci trovò dentro solo qualche biglietto da visita di qualche puttana e di un imbianchino. Lo cosparse di benzina e appiccò il fuoco; fin qui tutto bene, ma John aveva in tasca della dinamite e così, a quel punto, il suo corpo esplose e Anna si spiaccicò poco distante.

Quel campo di grano era un tripudio di carne macellata, ebbe da ridire il sindaco ma nessuno capì mai che cazzo era successo.

Capitolo 3 _ la checca

C'era un sapiens che mi rompeva i coglioni. E per di più era una checca.

Il fatto è che vidi il cadavere di John Dillinger che camminava lungo la strada, al risveglio ero un suadente straccio bagnato di sudore. Ernest – no, non Hemingway: la checca – mi propose un pompino perché mi vide agitato, la sua faccia livida sembrava quella di un nordafricano sbiancato e cirrotico. Lui disse: "le donne non ti renderanno felice, solo io posso farlo! Sono qui per esaudire i tuoi desideri."

E io: "ma io non ho desideri. Se non quello di non vedere più la tua faccia di merda." Poi gli diedi un sacchetto di carote e gli dissi di ficcarsele nel culo.

Il suo culo era stato dilaniato, i suoi genitori se lo scopavano e Margaret, la zia della checca, li uccise. Quel mezzo ermafrodito era rimasto per anni in orfanotrofio, e John Dillinger lo tirò fuori dopo la maggiore età, infischiandosene di Margaret, e poi lo lasciava girare per casa in pantofole o in mutande, con quel suo nerchione pendente ma, come asessuato, non voleva fottere: voleva essere fottuto. Alle volte andava in bagno a sditalinarsi il culo. Secondo me i froci erano un conglomerato di stronzi, tuttavia li rispettavo, a patto che non mi sfondassero il mio di dietro, allorché, quando ci provavano, li restituivo ai loro giacigli conciliando loro il sonno con un bel pugno in faccia. Del resto ci sono persone che esercitano il potere e persone che esercitano lo sfintere.

Capitolo 4 _ Margaret

Quella puttana andava avanti a afrodisiaci, sembrava una troia che scopa nel lago dei cigni.

Io ero stato con Margaret: i suoi umori vaginali piagavano il mio intento, era subdola, una fregna che ti scava l'esistenza.

Comunque aveva i coglioni, cioè, no: non li aveva, ma si comportava come se li avesse.

Aveva detto a Ernest: "non puoi andare avanti così, devi scoparti tua madre." E lui disse: "no, non voglio scoparmi mia madre!" e Margaret lo incalzò: "Cristo Ern, se vuoi bene a Dio devi scoparti tua madre! ...e magari anche tuo padre."

Ern pianse.

"il fatto è che quando io vado in giro e poi torno a casa stanco, allora io vorrei sedere un attimo sul divano e parlare con mia moglie, ma lei non c'è mai! Non si sa dove sia, non mi ricordo nemmeno più come si chiama!" disse suo padre.

"e allora chi è quella puttana che sta pulendo il cesso di là?" chiese Margaret furente di vendetta, e gli fece entrare i coglioni in gola con un destro. "è il cesso dove avete fatto entrare la testa di Ernest mentre voi lo inculavate?" e gli sparò e poi sparò nel culo alla puttana di là che morì dissanguata, lentamente. A

Margaret non importava un cazzo se fosse sua moglie oppure no. John Dillinger non disse una parola di tutta questa storia, non gli conveniva: Margaret gli avrebbe fatto volteggiare lo scroto per aria.

Capitolo 5 _ la tomba di John Dillinger

Terribilmente singhiozzai sulla tomba di John Dillinger. Il mio cazzo si annodò alle palle cercando di strozzarsi. So bene che era un figlio di puttana, ma la signorina del taxi che mi aveva accompagnato al funerale era la classica bionda strafica che ti sbatteresti in ogni dove, ed aveva accettato di venire a prendermi più tardi, dopo il funerale.

La banda iniziò a suonare una specie di stronzata che mi sembrava una mazurka o un rondò veneziano, così diventai triste: non riuscivo ad accettare quello strazio.

Ma chi cazzo se ne frega di John Dillinger? In quel momento, tra i coglioni, desideravo avere soltanto il mio cazzo.

Volevo farmi una scopata sul taxi, volevo ringhiarle addosso. Intanto guardavo il vomitevole pianto di Margaret, la slabbratura del suo trucco, lo scempio del ticchettio del suo orologio.

Alcuni uccellini cagavano sulle tombe poco distanti. La pioggia iniziava a cadere. La sorella di John Dillinger invece iniziava a farmelo venire duro, ma per via del nodo il mio uccello non riusciva a liberarsi. Ad un tratto mi si schiacciarono i coglioni e lanciai un grido e lo camuffai da lamento fingendo goffamente di piangere. Poi mi voltai, pestai una merda, e mi misi a correre verso il taxi posteggiato, saltai dentro dal finestrino e qualcuno – che non ero io – scorreggiò. Allora alzai il viso e vidi che al posto della bionda strafica mi ero beccato un energumeno del cazzo.

Intanto John Dillinger si rivoltava nella tomba come un pollo allo spiedo quando gira nel girarrosto.

Il suo spirito sarebbe tornato… e ci avrebbe inculati.

Capitolo 6 _ il fantasma di John Dillinger

Il fantasma di John Dillinger non passava attraverso le porte, piuttosto ti faceva venire ruttazzi e poi ti soffocava con un'oliva in gola. George, - no, non George Washington: uno stronzo – beh, George stava canticchiando "vamos a la plaja oh oh oh oh oh", poi tirò un rutto, rise, si ficcò un'oliva in gola e morì strozzato cazzo! Nessuno ci ha potuto fare niente.

Oppure il fantasma di John Dillinger possedeva le troie e le faceva scopare coi vecchi puttanieri finché non veniva loro un infarto e vaffanculo.

Voi forse penserete che John Dillinger fosse un bravo cristo? Col cazzo! Era un lanoso figlio di puttana.

Alle volte il fantasma di John Dillinger si faceva vedere, io sospettavo di vederlo in bagno o dalla finestra e ogni volta mi si stringeva il culo: non avrei potuto reggere che si mettesse a scherzare con me con quel suo modo da stronzo... sicuramente si sarebbe messo a raccontarmi di quando i vermi lo scambiarono per una latrina e lo mangiarono.

Quella strampalata canaglia non moriva mai, nemmeno da morto. La trovavo una cosa di poco buon gusto. Ad esempio, una notte era nella mia stanza e lo vidi vestito da donna, da puttana per così dire, e disse: "ciao, ho bisogno di un'opinione onesta. Ho appena fatto un intervento e mia sorella dice che sembro una troia. Posso farti vedere?" e si tirò giù le mutandine e lì aveva un Bosone, debole e elettromagnetico, una particella – messaggero che sborrava la colla che univa fra loro i mattoni della materia, come i quark nel nucleo dell'atomo.

Lo maledissi eternamente digrignando i denti, poi andai a pisciare.

Quando tornai, quella sua merda rosa shocking fluorescente era all'apice delle sue funzioni e lanciava scariche elettriche ma anche atmosferiche che sembravano inglobarlo e risucchiarlo a sé dall'interno.

Così lo vidi esplodere; il muro venne giù e vidi la città fantasma – anche lei, spettrale.

Capitolo 7 _ la memoria di John Dillinger

Al limitare della sera, sulle vie malconce del mio disgusto, coi miei lamenti affissi sui parapetti delle case, scrissi le mie memorie su quell'infame di John Dillinger. Lo feci aspirando le nubi tossiche che esalavano spasimi di un ultimo amplesso con la tua donna, che poi tristemente ti ha lasciato a conversare con l'ignoto tuo John Dillinger, amato e rispettato fedele compagno... nell'abnorme fossa di sterchi in cui ormai giace.

In quegli slanci, con la mia donna, mentre John Dillinger osservava, mi nutrivano i suoi seni, come quando, infante, già sceglievo di ciucciarli e, in separata sede, vomitarli per poi volerli ancora. Tale perseveranza aiuta gli uomini deboli a soverchiare la tirannia del potere, a slabbrarsi un varco verso la libertà, una parentesi di ossigeno nel tumulto dell'esecrabile.

John Dillinger diciamo un malfamato ricchione? John Dillinger incline allo stravizio! Chiunque avrebbe potuto dire che John Dillinger qua, che John Dillinger là... ognuno col suo ricordo lacerato dal rancore, ognuno a scoparsi almeno un po' sua sorella, compreso il sottoscritto, ognuno a violentarla, disossati cerebralmente dal liquame in eccesso che John Dillinger aveva loro infuso e a coloro che gli si avvicinavano, vedendolo teneramente stempiato e adunco, lugubre, sbadatamente intento a inglobarsi quelle sue squallide lattine di birra da 55 cent.

John Dillinger alcova di australopithecus.

John Dillinger occhio del culo.

Capitolo 8 _ l'Eros

Questa storia della morte di John Dillinger ci fece venire a tutti una gran voglia di scopare. Ci sfrangiavamo il culo strusciando il glande in ogni fenditura, con un deciso lubrificarsi e sfregarsi intimamente intervallando con pressioni intimidatorie sul pube femminile. Poi, tutto ciò, si susseguiva in doppie penetrazioni, gloriose cavalcate, in un tripudio di uccelli e di gemiti. Tutti quei seni mi riportavano alla mente la plasticità della natura, la perfezione del creato, in un'estasi perentoria di abbandono. Altro affare di non timida curiosità era la vulva: la vulva pulsante e oleosa, sottilmente invitante e sorniona, era la grotta, il rifugio, la salvezza, la vita! Il glorioso passato di un guerriero a nulla servirebbe, a nulla servirebbero gli affanni degli schiavi se non fosse per l'intercessione di una fica. Spesso anche il solo pensiero della fica ha indotto piacevoli suggestioni, specie se accompagnato al movimento ritmico della mano destra, o sinistra. Ma tutti questi pregi venivano smentiti quando il suo primordiale fascino era messo in discussione dal fatto che ormai la vagina altro non fosse che una volgare merce di scambio. Ricordo John Dillinger, adunco come sempre, strisciante in terra che lanciava sberleffi a destra e a manca, o nascosto in bagno ripeteva: "*porco Dio, porca Madonna, porco Gesù Cristo, porci tutti i Santi del Paradiso e dell'Inferno e del Paradiso Terrestre!*" pentito di aver speso tutti i suoi denari per un pezzo di carne stantia, nel suo olezzo senza sentimento.

Capitolo 9 _ appendice

Mi pare alquanto scontato scrivere un libro del genere: vi restituisco tutto ciò che mi avete propinato dai telegiornali e nella mia vita privata.

Tutti dicono: l'Italia, il bel paese, le spiagge, il turismo, la buona cucina…

Io invece vi dico: l'Italia, il bel paese, le spiagge sulle quali non approdano i cadaveri dei migranti dimenticati sul fondo del Mediterraneo con buona pace dei governanti; l'Italia dove se non c'hai una lira la buona cucina la vedi in cartolina, l'Italia dove se non c'hai una casa d'inverno muori assiderato.

L'Italia dove cento donne sono state uccise da cento stronzi.

L'Italia dove vivo mio malgrado e dove ho bisogno di un amico immaginario, di uno come John Dillinger, per poter dire di avere una vita anch'io.

L'Italia che mi fa tanto schifo che vorrei morire vomitando sanguisughe.

L'Italia che non ci parliamo più l'un l'altro, l'Italia che se ne va affanculo.

E il fatto è che tutto questo accade perché il grande Mostro del profitto economico non contempla la pace e l'amore come valori fondanti di una comunità: li contempla a chiacchiere!

Guerra, genocidio, ottusità.

Mi uccide il retrogusto delle cose, a John Dillinger pure, ma a lui che cosa gliene può importare?

Siete voi che leggete che non dovete farvi abbagliare dagli specchietti per le allodole. Cercate dentro voi stessi, avete l'arco di una vita e solo voi potete tenderlo e puntare le vostre frecce sul sole!

Cercate di amare.

Cercate di capire.

Come la pioggia inverdisce i germogli e il sole ripara le ossa stanche, anche voi siete i figli!

Cos'è sta presunzione?

Non siete più che un piccione viaggiatore.

Donne uccise?

Questo mondo è pulp. Più di questo libro.

Amate le vostre sorelle!

Prima che torni il fantasma di John Dillinger e ve le scopi!

Printed in Great Britain
by Amazon